Der Text dieses Buches entspricht den
Richtlinien der neuen Rechtschreibung.

Die Deutsche Bibliothek – CIP-Einheitsaufnahme

Der wunderbare Teppich / Willi Fährmann ; Barbara Bedrischka-Bös. –
Würzburg : Echter, 1999
 ISBN 3-429-02154-5

© 1999 Echter Verlag Würzburg
Lektorat: Ernst-Otto Luthardt
Gesamtherstellung: Echter Würzburg
Fränkische Gesellschaftsdruckerei und Verlag GmbH
 ISBN 3-429-02154-5

Willi Fährmann · Barbara Bedrischka-Bös

Der wunderbare Teppich

echter

Es ist noch nicht sehr lange her, da besaßen
Herr und Frau Mühlen einen kleinen Laden.
Viele Sachen gab es da zu kaufen:
Milch und Mehl,
Schokolade und Schmalz,
Sauerkraut und Salz,
Erbsen und Möhren,
Butter und Bohnen,
Käse und Klopapier,
Kaffee und Quark,
und noch zweihundertzweiundzwanzig Sachen mehr.

Frau und Herr Mühlen waren alt geworden. Da wurde eines Tages in der Nähe ein Supermarkt gebaut. Zu den Mühlens in den Laden kamen ein paar Kunden weniger. Die kauften jetzt im Supermarkt ein. Dann entstand ein weiterer Supermarkt. Jetzt kamen viel weniger Leute in den Laden. Und dann eröffnete ein dritter Supermarkt. Zu den Mühlens kamen nur noch ganz wenige, ganz treue Kunden. Erst kauften sie wenig, dann weniger, später fast nichts mehr.
Zum Schluss hatten die Mühlens kaum noch etwas zu verkaufen.
Der Laden wurde für immer geschlossen. Die Mühlens waren arm geworden.
Sie lebten in einer kleinen Wohnung unter dem Dach.
Eine Küche und ein Schlafzimmer, das war die ganze Wohnung.

Eines Nachmittags saßen sie in der Küche am Tisch.
Herr Mühlen sagte zu seiner Frau: »Bald ist Nikolaustag.«
»Das stimmt«, antwortete die Frau.
»Weißt du noch«, sagte er, »früher haben wir am Nikolausabend immer ein Fest gefeiert.«
»Ja«, antwortete Frau Mühlen. »Unsere Kinder und Enkelkinder Ludwig und Mathilde haben wir dann eingeladen.«
Herr Mühlen sagte: »Das war immer ein schönes Fest.
Für Ludwig und für Mathilde hatten wir kleine Geschenke.
Es gab etwas Leckeres zu knabbern, eine dicke Nikolauskerze haben wir angezündet und die alten Geschichten erzählt.
Das war immer ein schönes Fest.«
Frau Mühlen sagte: »In diesem Jahr können wir niemanden einladen.«
»Nein«, sagte Herr Mühlen. »Wir haben kein Geld für Geschenke, kein Geld für die Nikolauskerze, kein Geld für Äpfel und Nüsse.«
»Wir werden am Nikolausabend einsam und allein sein«, sagte Frau Mühlen.
Sie wurden sehr traurig.

Aber Herr Mühlen hatte einen Einfall. »Wir müssen etwas verkaufen«, schlug er vor. Frau Mühlen schüttelte ratlos den Kopf. »Was willst du denn verkaufen?«, fragte sie. »Wir besitzen doch fast nichts mehr.«
»Doch«, sagte er und zeigte zum Boden hin. »Wir könnten den Teppich verkaufen.«
Sie lachte und sagte: »Für den Teppich wird dir niemand etwas geben. Der ist doch schon über vierzig Jahre alt.«
»Vielleicht doch«, sagte Herr Mühlen.
»Wenn du meinst, dann versuch's«, sagte sie.
Herr Mühlen rollte den Teppich zusammen. »Ich gehe damit zum Trödelmarkt«, rief er und stieg die Treppe hinunter. »Zum Trödelmarkt kommen viele Leute. Vielleicht gefällt einem unser alter Teppich.«
»Ich glaub's nicht«, sagte Frau Mühlen. »Aber Versuch macht klug. Und komm bald wieder nach Hause.«
»Ja, ja«, versprach er. »Ganz bestimmt.«

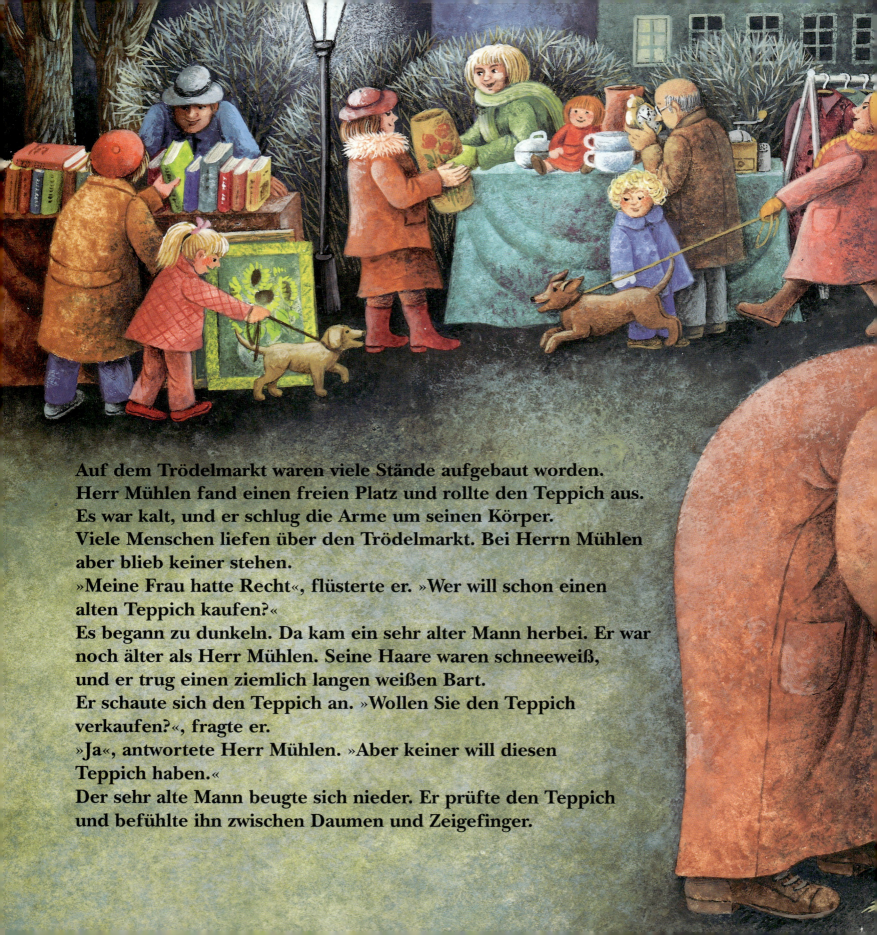

Auf dem Trödelmarkt waren viele Stände aufgebaut worden. Herr Mühlen fand einen freien Platz und rollte den Teppich aus. Es war kalt, und er schlug die Arme um seinen Körper. Viele Menschen liefen über den Trödelmarkt. Bei Herrn Mühlen aber blieb keiner stehen.
»Meine Frau hatte Recht«, flüsterte er. »Wer will schon einen alten Teppich kaufen?«
Es begann zu dunkeln. Da kam ein sehr alter Mann herbei. Er war noch älter als Herr Mühlen. Seine Haare waren schneeweiß, und er trug einen ziemlich langen weißen Bart.
Er schaute sich den Teppich an. »Wollen Sie den Teppich verkaufen?«, fragte er.
»Ja«, antwortete Herr Mühlen. »Aber keiner will diesen Teppich haben.«
Der sehr alte Mann beugte sich nieder. Er prüfte den Teppich und befühlte ihn zwischen Daumen und Zeigefinger.

»Was würden Sie sagen«, fragte er schließlich, »wenn Ihnen jemand für diesen Teppich fünftausend Mark anbieten würde?«
Herr Mühlen schaute den sehr alten Mann verblüfft an. Dann rief er: »Wollen Sie einen Spaß mit mir machen?«
»Nein«, antwortete der sehr alte Mann.
»Nur ein Verrückter zahlt für diesen lumpigen Teppich so viel Geld. Wirklich, das müsste ein Verrückter sein.« Herr Mühlen musste lachen.
Der sehr alte Mann zog aber viele Geldscheine aus seiner Tasche. »Dies ist ein sehr alter Teppich aus dem fernen Persien«, sagte der sehr alte Mann. »Es ist ein kostbares Stück. Ich kenne mich mit Teppichen aus und betrüge niemanden!«
Herr Mühlen nahm das Geld, und der sehr alte Mann rollte den Teppich ein, lud ihn sich auf die Schulter und ging davon.

Herr Mühlen kaufte in den Geschäften rund um den Trödelmarkt alles ein, was für das Nikolausfest nötig war: Äpfel und Apfelsinen, Nüsse und Plätzchen, zwei Schokoladennikoläuse, einen für den kleinen Ludwig und einen für Mathilde, und auch eine dicke Nikolauskerze aus echtem Bienenwachs kaufte er. Dann machte er sich auf den Heimweg.
Frau Mühlen wartete schon ungeduldig auf ihren Mann. Wo mochte er so lange bleiben? »Hoffentlich ist ihm nichts passiert«, sagte sie. »Was denkt sich mein Mann nur. Er schickt mir einen sehr alten Mann ins Haus. Und was macht der? Der schleppt unseren Teppich herauf und rollt ihn aus. Kein Wort, kein einziges Wort hat er gesprochen.«
Sie bückte sich und streichelte den Teppich.
»Warum hat mein Mann den Teppich nicht selber zurückgetragen?«

Es polterte auf der Treppe. Herr Mühlen kam nach Hause. Fröhlich war er und bepackt mit Tüten, Päckchen und Tragetaschen. »Stell dir vor«, rief er. »Ich habe den Teppich…« Plötzlich blieb ihm das Wort im Halse stecken. Er sah den Teppich vor sich auf dem Boden liegen. Er staunte und fragte: »Was ist das denn? Den Teppich habe ich doch für viel Geld verkauft.« Da erzählte die Frau ihm, was sich zugetragen hatte.
Herr Mühlen zeigte ihr die Geldscheine. »Da«, sagte er, »das und noch mehr hat mir der sehr alte Mann für den Teppich gegeben.«
»Vielleicht will er den Kauf rückgängig machen?«, sagte die Frau. »Vielleicht will er sein Geld wiederhaben.«
»Das wäre schlimm«, rief Herr Mühlen erschrocken. »Ich habe schon etwas davon ausgegeben. Hier, das alles habe ich für unser Nikolausfest gekauft.« Er packte all die leckeren Sachen aus, die Äpfel und Apfelsinen, die Nüsse und Plätzchen und auch die beiden dicken Schokoladennikoläuse. »Eine dicke Nikolauskerze habe ich auch mitgebracht.«
»Was machen wir denn jetzt nur?«, jammerte Frau Mühlen.
»Wir werden drei Tage lang warten, ob der sehr alte Mann zurückkommt«, sagte Herr Mühlen.

Es war kalt geworden, und in der Nacht hatte es geschneit.
Herr Mühlen setzte sich die dicke Wollmütze auf, band sich den langen Schal um und stellte sich an das geöffnete Fenster. Er hielt Ausschau nach dem sehr alten Mann. Aber der ließ sich am ersten Tag nicht sehen, auch nicht am zweiten und nicht am dritten Tag. Die Mühlens fassten Mut. Sie schrieben einen Brief an ihre Kinder und Enkel und luden alle für den Nikolausabend ein.

Der Tisch war festlich geschmückt, und die dicke Nikolauskerze brannte, als die Gäste kamen. Ludwig wollte sofort den Schokoladennikolaus anknabbern.
Mathilde sagte: »Ich esse meinen Nikolaus erst später. Wenn er angebissen ist, sieht er gar nicht mehr so schön aus.«
»Aber er schmeckt mir gut«, rief Ludwig.
Sie saßen fröhlich beisammen.
»Erzähle uns eine Geschichte, Oma«, bat Mathilde.
Frau Mühlen brauchte nicht lange zu überlegen. Sie erzählte, was mit dem Teppich geschehen war.
Der kleine Ludwig fragte: »Hatte der sehr alte Mann wirklich schneeweiße Haare, Oma?«
»Ja, die hatte er«, bestätigte Frau Mühlen.
»Und auch einen langen, weißen Bart?«
»Frag den Opa, Ludwig. Opa hat den sehr alten Mann viel länger gesehen.«
»Opa, stimmt das mit dem Bart?«
»Ja, Ludwig, alles war genau so, wie die Oma es erzählt hat.«
Da rief der kleine Ludwig laut: »Den Mann kenne ich.«
»Den kennst du?«, fragte Frau Mühlen.
»Kennst du den wirklich?«, fragte auch Mathilde.
»Ja«, sagte der kleine Ludwig. »Das war der Nikolaus selber.«
Erst lachten alle, aber dann wurden sie still und spürten in ihrem Herzen, dass wohl ein Körnchen Wahrheit darin verborgen war.